imaginist

想象另一种可能

理
想
国
imaginist

除非我们亲历

陈丹青 著

九州出版社
JIUZHOUPRESS

图书在版编目(CIP)数据

除非我们亲历 / 陈丹青著 . -- 北京：九州出版社
2023.9（2023.9 重印）

ISBN 978-7-5225-2033-9

Ⅰ . ①除… Ⅱ . ①陈… Ⅲ . ①回忆录—作品集—中国
—当代 Ⅳ . ① I252

中国国家版本馆 CIP 数据核字 (2023) 第 138448 号

除非我们亲历

作 者	陈丹青 著
责任编辑	周 春
出版发行	九州出版社
地 址	北京市西城区阜外大街甲35号（100037）
发行电话	（010）68992190/3/5/6
网 址	www.jiuzhoupress.com
印 刷	山东韵杰文化科技有限公司
开 本	850毫米×1168毫米 32开
印 张	4.75
字 数	70千
版 次	2023年9月第1版
印 次	2023年9月第2次印刷
书 号	ISBN 978-7-5225-2033-9
定 价	52.00元

序

我的胡乱的写作都因受人委托，这十篇，却是闻知噩耗，便坐下来写。

好像是为高仓健去世而写了追记的那年，成稿后不知交给哪里，便发朋友的邮箱，意思是你自己看吧（哪位朋友呢，也忘了），不料半小时后他就转成自媒体格式，传开了，从此我能在手机上看见自己的文章。

我很快习惯了这种掌心阅读，还学会迅速划动，看留言。四年前写了回想邢啸声老师的稿子，网友"符号丛"留言道：

好像我看见的陈丹青的文章都在悼念谁谁谁。

这倒是个提醒。近日编辑要我聚拢十年来的碎稿，将怀念亡故师友的十篇文章，单出一书。其中，元月以来相继辞世者，就有四位，最近的一位，是亲爱的万玛才旦。

今岁我能自称古稀老翁了。估计"符号丛"很年轻，和我年轻时一样无知：人上了岁数，须得年年闻知哪位亲友忽然走了。倘有动笔的习惯，就会写点什么。古人的祭文，郑重而高贵，我无学，经典的祭文尚且读不懂，现在要写亡者，怎么办？

十二年前，木心死，写成《守护与送别》。那是我头一次描述死亡，不想到这是"悼念"。写时，只觉和其他文章的写法，大不同。回忆不断不断涌上来，你得诚实，又必须处处克制。你心里有一包情感吗，没法写的。你会遣词造句吗，也没用。这时，词语最是无妄，无力，无能，而死亡的消息格外激发写作，同时，阻断写作，处处与你为难。

但我还是写了。眼下复读一过，无端地感到虚空。

你以为写了，便能卸脱心里的痛惜吗？忠厚老实的姚宏儒，何其珍贵的万玛才旦，都比我年轻好多啊，就此没有了。

他人的死亡告诉你，你也要死的。死亡还跟来一件再寻常不过的事：遗忘。你想抵御吗？昨天手机里收到一段视频，有位男子穿越一千二百公里，把钢琴运到汶川震区废墟边，独自为十五年前的亡者奏琴——对了，琴声比文字更懂得言说——二十分钟后，当地壮汉冲过来，连人带琴，将他撵走了。留言一千多条，多数是慨叹，间有我所万万想不到的意见：

到这里玩吸粉引流……不应该赶你走吗……别打扰逝去的人，不是所有人都喜欢听你弹的蹩脚钢琴！！！

事后被告知，弹琴人来自武汉，三年前妻子生产时，发现孩子没心跳。我不确定手机上的消息是否属实，但他从此学弹琴，除了这回，还曾挪了钢琴在长江大桥下弹过，也有视频。

眼下我在乌镇，今天太阳好，游人如织，每片树叶给照得亮晶晶的，趁五月的和风，摇曳而娇嗔。我又对我的悼念文感到虚空，似乎伴有歉意——走开！讨厌的死亡，别来打扰活着的人。

2023 年 5 月 15 日

目录

青年时期高仓健

记高仓健先生

年初去日本考察美术馆，趁便在东京与徐富造先生聚会，他说不巧，高仓在北海道拍戏，这次见不成了。转眼年底，闻知高仓健辞世，我赶紧拨通富造兄电话，他说，其实年初高仓已住院，老头子曾想溜出病房和我碰头，被医生劝阻了，富造遂不忍告诉我。

这时他哭起来："丹青啊，以后我带你去看他，他在家乡福冈的一棵大树下选好了坟墓。"

富造兄是上海老知青，父亲侨居东京，"文革"后即办他过去，教他开餐馆。他去东京时，《追捕》尚未在中国公映，他在餐馆的屏风后时时窥看这位常来就餐的英俊演员。其时高仓正当盛年，独身，没有儿女，以他在日本的大名，出行交友，诸多不便，日后却和富造成了莫逆之交。今富造兄位于港区的餐馆已是日本皇室成员光顾的名店，他特意在自家楼面腾出第四层权做高仓时来走动的"家"。高仓的六十岁生日便在那里度过，富造给我看照片，只见高仓含笑站着，富造夫妇与三位儿女均擅演奏，各人操一乐器，为他庆生。

张艺谋请高仓出演《千里走单骑》时，老人年逾七十，出行中国，左右不离富造。2007年，高仓闻知艺谋在筹备奥运会开幕式，特意去传统作坊订制了一对刀剑，装木盒里，远道送来北京给艺谋壮色，全程仍由富造兄陪同——后来这木盒就搁在办公室，直到开幕式小组散伙。那天我在办公室正听艺谋瞎聊，门开了，只见两个老男人怯生生站那儿，艺谋起身迎过去，同时听得有人轻声说：高仓健。

谁曾忽然撞见三十多年前见过的银幕巨星吗？我完全没认出，而是，缓缓想起他来：他见老了，浓眉倒挂着，已呈灰白，像是我的哪位叔伯或姨父。他两停留的半小时内，高仓始终害羞而恭谨地站着，因了语言隔阂，没人与他说话。木盒开启时，众人凑过去看，他移步退后，正站我左侧，我试以英语问候，他即应答，于是交谈片刻。告辞时，大家在走道里拥着他轮流合影，我就走开，不料高仓忙完，越过人群轻拉我的手腕，过去合影。

翌日继续开会。午间，富造兄拨来电话，开腔便是沪语，嘻嘻哈哈。老知青是片刻即熟的，富造笑说插队落户的往事，又说老头子昨夜回了宾馆感慨道：这样地来一趟，为什么只有那个黑衣人说了那句话？我问哪句，他说是"What a story!"（怎样的故事啊）。那是我的真心话，也是英语的场面话，老人记得而当真了。

艺谋会用人。十月，他递我几枚高仓的影剧照片，说是老头儿生日，画个素描送他吧，他回去后还念叨你。我一愣，也就画了，交给他。不久富造来电话，说是高仓一定要我去东京时再见。

也巧，女儿正有翌年去东京谋职的计划，他即要了孩子的电话。来年女儿落户东京，旋即告知，老头子和富造很客气地招待她，她叫道："哎呀，以后再不去了！好正式啊！"是的，日本式的待人的郑重，我也害怕。富造却是开心极了，一叠声说："你放心好了，高仓说，以后就做你女儿的保镖。"我心下叫苦：看来高仓是个孤单的老人。

四月间陪了母亲到东京看女儿，便在富造的那个四层与高仓又见面了。他仍是笔直地站着，候在门边，脸上的意思真好似在等什么老朋友。我想，一面之交，老头子何至于这么高兴呢。但我也高兴的，不为他是高仓健，而是难得就近观察一位伟大而垂老的演员。

那个长长的下午，我能记得的片刻是同他谈电影，他说，他顶顶佩服的大演员是美国的罗伯特·德尼罗。我说达斯汀·霍夫曼、艾尔·帕西诺，都厉害呀，老头子正了脸色，把嗓音弄粗了，连连说："Oh, no one! No one can be like him!"那一瞬，他显然没想到自己也是大演员，却忽然像极了他扮演的角色，露出忠诚到发倔的模样，眉心拧巴起来。

我们一部部数落德尼罗的电影，却没有贝托鲁奇的《一九零零》。我说，德尼罗在那部片子里年轻得一塌糊涂。高仓的眉心又拧巴起来，渐渐对自己生气的样子："耶……"他拖长声音说："我怎么不知道？"旋即起身给助手电话，自然，换了日语，富造立即解释：他要手下马上弄到《一九零零》的碟片。

事后得知，日本电影商不愿进口三小时以上的电影。

　　傍午，母亲倦了，被富造兄引进内室的沙发歇息。当我们张罗靠枕毛毯之际，高仓一直欠身注意着，似乎想来相帮而止于礼。那次女儿借故不肯来，黄昏我们告辞离去，一家人夜饭后才回宾馆，跑堂叫住我，说有人找。谁呢？返身出去，竟是高仓站在街沿他的车旁——我立即想起他曾顺口问我住在哪个宾馆，看来早已想好单独再来。

　　"你的母亲，可好？"他变得像在电影里似的，一脸的情况，仿佛事态很严重。我说，很好。这时他做了个难以看清的迅速的动作，从左腕褪下手表，直视我，不说话，如做黑市交易般低低地攥着，几乎触到我的手。我很难忘记那一刻——他忽然变得活像北京地面的家伙，眼神分明是说："哥们儿，您要是不收……"待我迟疑接过，他周身一松，如所有日本男人那样猛一俯首，算是告辞，上车后迅即摇下车窗，射来忠心耿耿的一瞥。

　　小时候，沪上常有家境好的孩子动辄拿了家里的好东西送人，换取友谊。高仓的馈赠竟使我想起那些小孩，想到时，自知不敬。那年他致送艺谋宝剑，明明十二分享受袭击般的馈赠；东京的见面，他又显然羡慕着我尚能侍奉老母，以至非要摘下表来才能安顿他的温柔——艺谋说，高仓老母逝世后，他到哪儿拍片都带着母亲的相片——看来他在银幕上无数义气凛然的片刻，并非演技，而是真心，抑或，漫长的演艺久已进入他的日常，他要在孤独的晚岁，像他形单影只的荧幕角色那样，时时找寻自己的侠骨柔肠。

可怜高仓不知道我毫不懂表，已近四十年没有戴表的习惯。我给了父亲，父亲说那是他私人版的劳力士表，表背刻着"高仓健2007"，我竟糊涂到未经查看。

此后他年年寄来贺卡，我第一次看见信封上的日本式称谓："陈丹青 样"。寄贺卡倒是在国外的寻常经验，我还不至于感动到惊慌，可他居然两次寄我冬衣：一件灰黑色羽绒衣，一件深棕色皮衣，想必贵极了，那皮摸着有如人的肌肤，神奇的是，正好合身。我回赠了一件小小的我所画的唐代书帖写生，他特意站画前拍个照寄我，一脸耿耿，活像将要出征的廉颇。近年每岁入冬，我会抱歉似的穿上那件皮衣——实在暖和而轻便——走入北京的尘埃，心里想：老头子哎，可别再寄啦！

此后我没再见过高仓先生。女儿也刻意逃避她的

他特意站画前拍个照寄我，一脸耿耿，活像将要出征的廉颇

"保镖"，仅在两位老人的再三坚请下，去过一两回。这些天据说媒体连番出现纪念高仓健的版面，可见几代人记得他、爱敬他，而所有巨星与爱他的人群，总是远隔。艺谋说，高仓难得露面，总有他的影迷朝他鞠躬致敬，各地黑道若是探知他的到临，会自行远距离为他设岗，虽无必要，但引为乐事。

我不知道有哪种人像电影明星那样，在真身与角色之间，永难得到世人的平实的认知。倘若高仓老母健在，妻儿环绕，他仍会活在明星的被迫的孤寂中吗？而他的晚年，果真孑然一身。

　　算来我与高仓的面见，总共不到六七小时。他出演的片子，我只看过《追捕》与《远山的呼唤》。那已不仅是日本电影，而早经织入中国人后"文革"初期的集体记忆。前者播映后，当时的国人始得窥见什么是现代的亚洲，沪上的风衣与大墨镜，被抢购一空；后者真正动人，二十世纪九十年代末重看，仍奋然落泪。在这两部电影中，高仓都是令人心疼的硬汉，沉默寡言，中国说法即"打落牙齿和血吞"：这是最为迷人的银幕类型，国内电影迄今不见独擅此道的大演员。

　　往后我想看看高仓的其他角色：流氓、黑帮、情种……近日 CCTV 第六频道接连播放了《追捕》与《远山的呼唤》，两部电影都见老了。高仓的新作，也是他的绝响，是成于 2012 年的《致亲爱的你》，前些天特意看，平淡质朴，演来不见半点做作，我看着，历历如见我所认识的那位老迈的高仓。此片摄制的上一年，日本地震，我曾去电话问安，老人语音苍苍：我好的，我好的，你呢？

　　现在高仓死了，我才想到去了解他，也由此而念及电影与民族的关系。欧美电影不论，中国人对苏联和印度的电影与明星，固有所欢，但日本的故事、日本的容颜，有那么一种滋味，似乎在电影里更得中国的人心。什么缘故呢？我说不圆，所谓同文同种并非完全恰切的说法。我们迄今难以摆脱的怨仇，总归来自日本，或许，唯其如此，在历史的阴影中，中日相好的一面，如幽微的光亮，明灭其间。多少民国的大人物有着一位日本妻子，或是情人，又多少日本的女子远嫁中国，默默事夫，从一而终。

但我们很少会去想想这些故事的深处。改革开放后及今，中国青年渐渐凝固了单面的日本印象：要么追慕那里的时尚，要么便是仇视。早先的情形，时下的青年怕是不知道：二十世纪六十年代，中日尚无邦交，周恩来做主玉成中日少年联欢节，那是战后头一次日本民间派小朋友来访中国，由同龄的孩子陪同参观玩耍，为期个把月。事后公映的纪录片拍下这样的场面：两国孩子在火车站分别时，抱成一团，拉扯着，哇哇大哭，不肯分开。

在过去四十年的影视作品中，中日观众有着更为广泛而无须避讳的心理缘分，近年韩国影视起来后，日本电影的魅力渐次褪色了，然而仍有无意彰显的人群，沉迷日剧，什么原因呢？我也不知。以我所知，有两位日本的绝代佳人为中国上年纪的观众所牵念着，一远一近，一雌一雄，是今年先后辞世的李香兰与高仓健。

高仓生涯的最后一位腻友，也是中国人，他的暮年故事，在富造先生那里。那天通话，六十三岁的富造哭泣始终。我真有点不愿相信临终的高仓仍然记得我——富造兄哽咽着说，末一次见高仓，老头子说：转告丹青，他是个画家，还是尽量不要谈论政治。[*]

2014 年 11 月 26 日写在北京

2014 年先后辞世的日本演员李香兰与高仓健

追念柯明老师 *

金陵多画家。二十世纪六七十年代有钱松嵒、宋文治、魏紫熙、亚明、陈大羽等水墨画大佬，八九十年代，又出水墨画英雄如中年山水画家吴毅、董欣宾，日后叫响南北画坛的"新文人画"，则有朱新建及江苏画院一帮好画手——在这份名单中，没有柯明先生。

七十年代中我流落南京，混在江苏人美出版社，由胡博综、潘小庆几位长辈宠着，忽一日，有幸得识儒雅温润的柯明老师。其时柯明师四十多岁，相貌酷肖孙中

---

* 柯明先生在世时，期待我为他的画写点什么，2015 年得知他逝世，出了画册，遂有此篇。

山，画起画来却是个温柔版的"造反派"——退回"文革"时期，柯明老师的画风便属"造反"，不见容于当时的主流。

和我们所有人一样，那年月，柯明老师只得画些宣传性质的图画，但大家莫不喜爱、尊敬他，因他是"另类"，即便画"革命"，也能用笔爽利，行线飞动，通篇讲究趣味。不久"文革"收束，中老辈画人久经压抑，画兴大开，柯明老师率先画起毫无政治涵义的美人、花草、江南小景、日常闲趣，而每成一画，众人俱皆叫好。

柯明老师友善，恳切，老是笑眯眯的，望之如兄如父。他的人与画，总觉自有一格，但我无知，不晓得他的画风何以致之。去纽约后，柯明师曾远道寄来一册八十年代出版的图书，嘱我必读，是毕加索情人弗朗索瓦兹所著《巨匠与情人：和毕加索在一起的日子》。之后听闻他移民美国中南部，我们通过电话与书信，却是无缘再见。近时得到他一叠画册，深宵翻看，这才慢慢有所明白。

原来柯明师是1945年国立杭州艺专的学生，肄业后在《新华日报》工作，六七十年代的作品大致介于宣传与实用美术之间：在那个年代，这两条来路实在是边缘的，又藏着不少的人才，难以施展。

二战前后由林风眠出掌的杭州艺专，论大美学，取自后印象派与野兽派，主张绘画的纯度与游戏感，辅以造型的适度变形、夸张，用色力求饱满、明丽，探究画面的质地与纯净。经林先生个人创发，这一西式的来源接通两项中国资源，一是江南的文人气质，一是各省的民间符号，在四十年代末的杭州艺专蔚然成风。如此回看柯明老师的画路，其源头便有所明朗，难怪他在南京的实践，始终有自己的一格。

而柯明老师长期担任报刊兼出版社美工，似又回应了另一民国资源，即张光宇、叶浅予、张仃、陆志庠等前辈所开创的通俗美术，旨在大众喜闻乐见的传播效应。

从"五四"文化大背景看，中国新美术运动形成两大类实践，两组群体，一是西来的写实油画，初以徐悲鸿"为人生而艺术"，后以"艺术为人民服务"而形成道德的乃至政治的美学阵营；一是本土的新国画运动，初有黄宾虹、齐白石疏远清末旧统，继是傅抱石、李可染及南京山水画派，渐入社会主义新山水，形成所谓创新的乃至"革命"的水墨画。相较之下，则林风眠与张光宇两条线，可谓中国现代美术的第三条路径，兼容、雅正、中道，在精英与大众、政治与美学、赏鉴与流行、前卫与通俗之间，曲折寻求个人的旨趣。

然而林风眠（并上海美专刘海粟一路）的美学被贬为"形式主义"，长达三十余年，民国末期初见端倪的好路子，中断了。而张光宇等辈在沪上开辟的大众艺术（西方一战、二战之后，广告、插图、卡通、宣传画，乃至后来的影像艺术，均成为现代与后现代的主流，乃有后来波普艺术的诞生），被归入工艺美术，失去自主，与油画、国画一样，质变为宣传工具。

如此返顾柯明老师的求学、出道、偏好、天资，正和以上两端适恰。他原就是温和的性格，遇到激进而极端的时代，不得已，为之裹挟。当年江南诸校的若干才子都在中年遭遇的风暴中，勉为其事，搁置了早先的旨趣。柯明老师能在"文革"后焕发画兴，一发而不可收拾，就中缘故，现在想想，可哀亦复可喜。

从他回顾性的画册中，不难看出他的画风与手气，愈见放诞而自由了。从表象看，固然可以说，他在民间美学中多有借取，如无锡泥塑、农家剪纸、民间年画等，但其经营幅面的匠心，切割构局的法度，仍可见杭州艺专濡染野兽派一路，不是一般插图家可得窥视的境地，故他在"文革"后的画路，由我等晚辈看来，竟是前卫的、新潮的。

而柯明师是画痴型人格，不求闻达、不事声张，现在想想，在他，是久经压抑，晚年只想过过画瘾；在晚辈，倒是无意间启示了日后朱新建等新秀更其放胆的实践。

三十多年来，南京旧友从未忘怀柯明师，以上意思，我曾与柯明师道及一二，他倾身向着我，叮嘱道："你要写出来呀，一定要写！"现在柯明师走了，这篇迟到的小文不能给他读到。看他晚岁任意纵笔，我愿揣度，他仍是欣快的、满足的。自他远去异域后，画了这么多画，毫无衰惫之态，全然是在自喜自为的状态中，这些画远胜于七十年代的作品。迁想四十年代杭州艺专的同辈，能有几人全节而归？

这里所说的"节"，当然，是指才华的，美学的。

2015 年 4 月 3 日写在北京

回想贺友直老师

兼及永逝的连环画时代

三十六年前，中央美院新建年画、连环画系，破例请来贺友直当教授。友直老师与我母亲同是宁波人，亦同龄，属狗。那天他在礼堂讲演，我早早占了前排座位，目不转睛看着他：伟大的贺友直！原来他像我宁波的哪位表娘舅。

他和我们同住破烂的3号楼，一层过道摆满各家的炉子和杂物——詹建俊与姚有多两位老师就住在隔壁——美院沪人少，一来二去，老宁波只消撩几句，便弄得我自以为是他老朋友。朝我狡黠地一瞥，他做出正经样子，开口道："阿拉只会弄弄小人书。侬画的是油画呀，高级！"我不知如何是好，他于是柔和了他的晶亮的目光，开颜笑了——他的笑，永远嬉戏而警策，总像正在转着什么妙主意，至少，是预备了下一句逗趣的话了。

贺老师不惯北地吃食。某日经过楼道，他在宿舍门帘旁叫住我，说是新从南边捎来醉虾和黄泥螺，喝两杯如何？昏黄灯光下他目光灼灼勾引着，我还是如幻似真——老天爷，他就是画《山乡巨变》的那个人呀！但也就走过去，看他取出一小筐尚待蒸煮的醉蟹，正宗宁波货，乌糟糟的，团团紧缩着，如鸭蛋大小。

翌年我去了纽约，此后十来年，每到岁阑，寄送亲友的圣诞卡便有一份献给贺老师。他是老派规矩，讲礼数，必定亲笔回信的，每说自己老了，还在画小人书赚酒钱，又说待我回来，定规要师母烧个"原桌头酒席"——宁波话即"整桌的宴席"——好好聚聚。某年我大约是寄卡寄得迟，很快收到贺老师回信，说是听闻传说，我混不下去，自杀了……信末重重写了四个字：造谣可耻！

这位宁波阿舅啊，我大笑而感动了，回信说，真不

18

好意思，我还活着……但他在美院亲授的知青弟子刘宇廉，确是英年早逝。新世纪，几位旧友给宇廉在北京弄了回顾展，请来贺老师，会场上众人请贺老说几句，他沉默许久，忽而断然说："我不讲！……讲了动感情……"

那是我头一次在他生动的脸上，看到哀戚。

今年贺老师九十四岁，据说早起还好好的，怎样的一下子，断然走了。虽说事属难得的喜寿，但我不愿细听经过，也从心里不肯去葬礼望望他。上海老友汪大刚不声不响以我和内人的名义送了花圈，老友何祖明写了长长的挽联，照理，我也该写几句的，但却存心拖延着……九十年代我去过贺老师在巨鹿路的家，师母是宁波妈妈的慈蔼相，两老站在楼梯口迎我进屋的那意思，可比外甥侄子回家门……此刻默然迁想，贺老师最后倒在自己家，也算温馨的一笔。

其实我与贺老师并不怎样熟腻，这十多年仅与他在北京上海见过一两面，嬉笑过后，他都左右看看，脸色一沉："兄弟哎，外面讲话要当心！侬当记者都是好意啊？噱你说话哩……"噱，浙语即"哄骗"之意。大约看我脸上敷衍的样子，他便发恨似的瞪着眼，同时捉紧我手腕："犯不着啊，听到吗：犯不着！"未久，大概是见了我哪篇文章，他竟特意写信再次劝我少开口。其时贺老师已八十开外，面对晚辈，真是个"友直"的人。

贺老师的画道，不必我多说。弄艺术弄到如他那等老活宝，骤而走掉，是会席卷了什么，全给带走的，用句说滥的话："一个时代结束了。"葬礼那天，好多好多人去送他。但譬如连环画吧，是因老前辈中就剩了贺老师，而他的高寿好比是特意守着连环画，葆其荣光兮延其年命，这才仿佛连环画时代还健在、还没完……今岁"贺友直"走掉了，一大群老去的小人书读者们怕得承认：连环画时代真的消歇了。

由五零后、六零后上溯，或许包括部分七零后，好几代少年儿童翻着小人书长大。那时的小人书，等同今日的杂志、画报、网络，甚至手机。我所记得的五六十年代，每个城市的大街小巷随处设有简繁不一的小人书摊，一两分钱租一册，三五孩子围着看，消磨漫长的昼午与童年。民国时期怎样呢？布列松中国摄影系列中就有亲切的影像，其时上海将被攻陷，而街头的孩子如我们幼年一样，赤膊光头，盘踞书摊，

街头看连环画的儿童

上海街头看连环画的儿童，布列松摄，1949 年

入神地看……近年得见张光宇先生三十年代的连环画，实在好到令人发呆，上个月还参观了新开张的张乐平故居，才进门，墙面上好几个三毛扑面而来。

在我私人的"上古"记忆中，《陈宫和曹操》《吕布与貂蝉》《林冲夜奔》《桃花扇》……大抵是翻烂的宝贝，当我细细描摹小人书中关公的美髯，我甚至不记得自己几岁，而我的绘画生涯——假如可以这般吹牛的话——就此发萌了。九岁那年，我在少年宫拜得头一位老师后得到的头一份功课，就是临摹《铁道游击队》，十六岁去山沟落户，严冬深宵，便缩在油灯下细细临摹华三川的《白毛女》，自以为我就是华三川。

由看小人书而画连环画，是我这辈业余画手的集体记忆、集体梦。出道之初，我们神聊而神旺 * 的名家多半是小人书作者，有如神仙。民国的好画手如沈曼云、赵宏本、钱笑呆、赵三岛、颜梅华、徐宏达……闻其名而不见其书。我辈记事后，如雷贯耳的名单是刘继卣、王叔晖、顾炳鑫、汪观清、刘旦宅、王绪阳、贲庆余、

---

* 指精神旺盛。——编者注

韩和平、丁斌曾、华三川、姚有信、刘国辉、杨逸麟……不知何故，贺友直的名字总归略有不同，长大后看得多了，从他的《山乡巨变》忽而想起宋人的《清明上河图》。可惜，在我顶顶渴望临摹连环画的年龄，无处借得哪怕半本撕烂的《山乡巨变》。我更不承想有一天亲眼看见贺友直，当他在昏暗楼道展示他的醉蟹，这位神仙翩然下凡了。

自汉代到明清版画的连环画传奇，太过遥远。进入"机器复制时代"，率先西化的上海成了现代连环画——加上漫画与卡通——的摇篮。前信息时代的纸本娱乐业，初期工业社会的大众传媒，都市乡镇孩童的启蒙画本与世界想象，岂能缺了连环画。民初连环画的"四大名旦"与"四大小旦"，是为市井平民画画的高手（大致可比周瘦鹃、秦瘦鸥、张恨水、包天笑、徐枕亚等），张光宇、叶浅予、张乐平几位，则与英德美苏的现代卡通世界遥相呼应，允为广义的现代都市艺术之一支，诚哉花样百出而强健泼辣，宫崎骏的日本卡通老师，便自称得自张光宇的启示。

之后，张光宇的美学为新中国连环画盛世所覆盖，就中缘故，好不难说。民国连环画的苗育兴旺，固然是前因，但就五六十年代意识形态的良性一面看回去，是因市民的大众美学被"无产阶级文艺"抬高了，抬高之际，相继出道的韩和平、华三川、贺友直、王绪阳等好画手，当年他们正值少壮，身手矫健，遂开了小人书的新局面。《白毛女》《山乡巨变》《我要读书》《铁道游击队》《列宁在十月》等题材，于民国连环画是不可想象的，倘若比对早期苏联的大众宣传画，则当年京沪人民美术出版社一人一桌描绘连环画的才子们，大有理由自认为创造了旧社会远未梦见的新艺术。

五六十年代的连环画其实已不是当初的小人书。它不再取悦里巷村野的俗众，而假定造福于浩浩荡荡的"人民"；它不再是三皇五帝的通俗画本，而是新中国的时代画卷；它不满于小人书的路边价值，而被赋予据说是更高而更正确的文化使命；它不必考虑市场与受众，因为它隶属国家一手扶植的庞大出版业。

这一切，既是幻相，又是事实。那一代连环画天才所投入的能量，大幅度超越了传统连环画所能承受的野心——用拍摄文艺片的气力制作连续剧、架构交响乐的雄心创作流行曲，用经营长篇的功夫撰写通俗小说……五六十年代的连环画，发掘甚至发明了连环画原本并不希求的高等叙事。

这样一种超标准的连环画美学，仅仅例举《山乡巨变》是不够的，但贺友直日后被再三要求谈及的创作自述——人物关系的理解，情节叙述的节奏，全景近景的切换——简直近乎文学家的心理分析与导演的分镜头方案，民国前辈安于通俗读物的既有格局，被他那代画手有效颠覆了。

足令今日美术界惊异的是，这批画手十九没有学院背景。他们的集体出身、集体人格，是真正的市民，不折不扣的文化草根。虽则后来多数成为共和国"单位人"，却因连环画的行业性与五六十年代尚称滋润的稿费制，他们成为1949年来最早一批附着于市场的画家。

其中，贺友直允为典型。如所有四十年代闯荡上海的江浙穷学徒，他的早期生涯简直是三毛的少年版：为了谋饭，他曾不得已短期加入"国军"（讲演时，贺老师为此说了句有趣的话："我走过一段弯路"），底层打

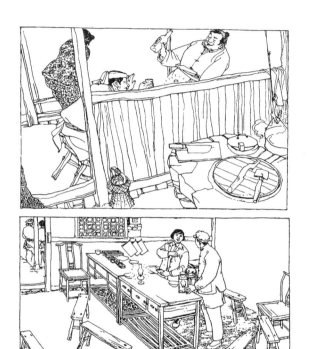

贺友直二十世纪六十年代连环画《山乡巨变》选图

贺友直二十世纪六十年代连环画《李双双》选图

滚的辛酸记忆，使他熟知民间百态（晚年，他的笔端记忆回向三四十年代的都市众生），同时，他早早领教了上海滩的摩登气息（和三联前老总沈昌文一样，这两位宁波学徒直到晚岁还能随口说出二战后由美国大兵带来沪上的英语单词），而他的画才与造诣，全凭自学（当他一味谦抑，他的聪颖而警策的笑眼说着别的意思），这样的苦孩子成为国家连环画师，他的画便出于全般的真挚（《山乡巨变》与《李双双》的故事早已过时失效，但贺友直的手笔，成为经典）。

真的，五六十年代连环画经典之作，却是依旧耐看：

并不因为游击队故事或人民公社，而是因为精力弥漫、兴致勃勃的画工与谐趣，以及，那种如今再也难以追寻的得意洋洋，那种没完没了沉溺于想象的迷狂。说来真是悖论：唯有在国家锁闭、讯息阻隔的年代，艺术家——譬如画连环画的群体——才会专心致志于尺寸纸面，倾注他们的自信和愉悦，而在缩小的世界里，世界这才无穷广大。今日青年可能完全不知道当年的国画、油画名家，但据我所知，隔代的孩子们仍然对当年的小人书咸表兴趣，乐意看。

要之，贺友直来自民间，来自醉蟹，来自他那时尚称顽健的社会主义文艺活力。这股子喜剧般的活力在他的同行间很少见，维系不辍，晚年与暮年，他居然持续画出成千上万的都市草民，引领今日读者翻阅他早岁的记忆。而在长达半个多世纪的共和国连环画记忆中，几代人不约而同选择了贺友直，如同对符号的辨认。

然而这一符号的功能——抑或误导——不止于此。1981 年当他被封为教授之时（破天荒地，近百年连环画作者头一次进入学院），新一辈，也就是我们这批乱世学画的青年，怀抱贺友直一代散播的光荣感，裹挟别种驳杂的媒介与美学，陆续涌进连环画：1972年头一届全国美展，陈衍宁、伍启中、陈逸飞、魏景山等，开始取苏式造型，用水粉与油画，以近乎独幅画的野心，创作开本更大、作风更西式的连环画。"文革"结束后，李斌、刘宇廉、陈宜明以《伤痕》《枫》引发关注，同期稍后，夏葆元、林旭东、尤劲东、白敬周相继推出的作品，为连环画带入了严肃的插图美学……

其时贺友直在家品醉蟹，全身而退，近乎祖宗，成了连环画的代名词。我们都喜欢他、景仰他，同时，大步背离他那一代的传统连环画功能。没人会想到并发现（可能包括贺老师）：连环画，就此离开了连环画。

关于保护、发扬并提升连环画的举措，是创建学院的连环画专业，出版《连环画报》，成立《中国连环画研究会》（顺便一说，由于连环画稿费制恢复，所有兼顾连环画与插图的各路画家，成为"文革"后头一批手头宽裕的人）。连环画"加官进爵"了，既富且贵，但它从未指望过这样的位置——它生于繁荣的市民文化，"三毛"的语境才是它撒泼打滚的泥塘，当"三毛"入选为人大代表，他还是令我们心疼而发笑的孩子吗？

连环画完了。这是我当年偷偷告诉自己的话，现在才敢说出。七八十年代的新式连环画并不是小人书，而是一组组彩色独幅画，它们引来美术界激赏，但未必是路边小孩的掌中宠物；他们日后多数成为学院精英，但不再是老一代连环画师傅；传统连环画是向下灌注而横溢城乡的活水，新式连环画则一度是京沪高层美术界的盛事……五六十年代连环画受抬举，连环画并未改变它的种性，八十年代美术界再度抬举连环画，连环画被欢呼而簇拥着，拔除了自己的根脉。

或曰：为什么非要维持小人书老套，不该大胆转型？为什么连环画不能拥有其他画种的高尚地位？是的，难以反驳，不过冲决连环画的洪水根本不在乎美术圈这点小意思。没顶之灾的过程其实比想象的还早：始于八十年代初（那是升级版《连环画报》的狂欢时代），电影画报、时尚刊物、电视连续剧、日本欧美卡通，迅速扫荡连环画曾经称霸的空间。

前信息时代过完了，孩子们大规模叛变。七零后们一定记得八十年代获准上映的美日连续剧及本土的《霍元甲》和《四世同堂》，整个九十年代，即便人在纽约，我也追看了上千集大陆连续剧。新世纪初，几位朋友的孩子（我看着他们生长）已是跨省的，甚至全国范围的卡通画明星……此后及今，还用说吗？当人人在手机或iPad任意浏览逾千种英剧、美剧、韩剧、日剧和海量视频，莫说连环画，由王朔、英达、郑晓阳、赵宝刚一伙手造的电视剧黄金时代，也过去了。

小人书摊的消失，不知起于哪一时期；我也不确知连环画收归为藏家的珍玩，或在潘家园货摊与网络折价出售，起于哪年。当一种艺术进入美术馆，变为古董，无疑义地，它已经死了。

为连环画追加体面的过程似乎不想停止，但无关连环画。早在《连环画报》问世之时，我就茫然以对——虽然我的劣作也曾混迹其间——那是画报，是轮番展示行内新秀的专辑。八十年代精装版连环画（包括经典旧作的新版）令我更怀念五十年代寒碜的小人书。我甚至不太认同贺老师作品集的豪华版（醉蟹的佐料变为可疑的白兰地）。过去三十年，真正别致而可亲的连环画重印本是法国人为贺老师做的，严格依据旧版小人书尺寸，只手可握，配以微妙的现代装帧，每页下端是窄窄的条

左图：贺友直在名片上为自己画的小漫画　右图：晚年贺友直

幅，留给法语图说。

以上感慨，固然是偏见，与连环画史失之远矣，若论连环画的出版史，则命数不可谓不长：前天我才得知，《连环画报》居然仍在发行，仍有读者。哪些读者呢？如能归于小众（一组永远难以统计的数字），亦属珍稀，亿万大众正在看连续剧，他们的孩子，整天埋头游戏机。

连环画完了。贺友直活了很久。这可能是连环画在世而长寿的错觉。当货真价实的连环画消亡后，长达三十多年，他仍然伏案作画，从未背叛小人书，带着宁波人的喜感，为没人需要连环画的世道持续递上稀有的快乐，这份温暖的快乐是与时代的错位，他于是活像是连环画王国的堂吉诃德。

奇怪，他的狡黠的笑意让我想起杜尚那张脸，自适，通达，而杜尚之死也竟同出一辙：早起好好的，餐后入盥洗间，随即倒下。

2016 年 11 月 12 日写在北京

左图：晚年贺友直　右图：晚年杜尚

回想程谷青

谷青大我一岁，二十世纪 68 届初中生，早我一年落户江西，我忘了他在哪个县，只记得他说，村子里上海知青集体养了一口猪，半年后，那猪还跟原来一样大——他用手比划着，也就一尺大小吧——这是谷青，也是上海弄堂杰出少年的高级幽默：正色说笑，不带半点幽默的意思。

谷青眼睛很大，眸子漆黑，笑起来，目光不笑，依然炯炯直视。在我记忆中，谷青至今二十一岁，那是我俩相处一年间他的岁数，此后我再没见过他，也没见过他的画。

令我们结识的机缘，现在绝对不可能了：1973年，江西美术出版社举办学习班，从各县召集十来位知青画革命连环画。全体学员正当如今大二、大三学生的岁数，但个个只得中学毕业，自习画画，从未进过美院，然而就从荒村里被"借调"出来，月津贴十几元，每人分得一个桌案、一份连环画脚本，就此画起来，年底都被正式出版了。

我记得全体学员在南昌报到汇聚，聒噪过后，有消息灵通的上海学员说：还有位程谷青因事耽搁，迟几日才到，画得很厉害。怎样的"厉害"呢？忽一日，出版社责编邱老师领了谷青走进来。那时学画的小子初打照面，摊开画就看，只见谷青从书包里取出一叠整洁的连环画画稿，并不说话，单是从旁瞧着众人脑袋聚拢了，一页页看。

果然厉害！但此刻一时难以描述了——那一瞬，居然四十五年过去了吗——我仅记得每页画面尚未着墨，只是铅笔稿，然而干干净净，构图、人物、神态、衣褶，甚至背景的树木与杂物，都已清晰到位，俨然是连环画熟手。其时开班才几天，所有学员——当然包括我——

从未画过连环画，混沌尚未初开，终日涂涂改改，不得要领，而谷青的稿页只欠填墨勾线，就能送去付印了。

大家一时没话说。真的佩服而认怂，不出声的。

除了画艺周正，谷青还是个美男子，身长面白，眉目俊朗，略微卷曲的乌发覆着额面，双眼直视和他说话的人，镇定自若，要言不烦，中低音，很久之后我才知道那叫做性感。1976年初周恩来逝世，报章发布了他少壮时期的照片，我一见，想起程谷青。

如今画画的青年彼此初识，互报哪个学院毕业，或将投考哪座庙门，我们那时谁也没学历，一照面，从不问师从和来路，也未想到问。我至今不知谷青下笔的老练而工整，跟的哪位老师，总之，那届学习班最厉害的角色，便是他。

他当然知道这一点。日常据案自守，笃定地画，并不像众人那样往来彼此的桌面，窥看比较，啧啧惊怪。那年月，优异的同行大抵友善而宽谅，谷青常给叫去替某位修改画稿，弄几下兼带说两句意见，又准确，又客气。我能口齿清楚地说话，怕要过了四五十岁吧，谷青那般早熟，令我钦佩。有一回为了文艺问题我又胡言乱语，不记得哪句话过火了，谷青忽而直起身子，看定我，清清楚楚地说：

"丹青，你要不要辩论？我们找个时间好好辩论。"

但他标致的脸微带笑意，是有见解而能自信的人才会展露的神色，使你当下自觉不及他。之后我俩并未辩论——说实话，全班学员都对他存几分敬畏。

而当年只有一件事我们极愿谈论而无从谈论：大家都怕学习班结束回到荒村，要能长期赖在省城吃食堂、聊闲天，该多好啊……1973年底，学习班结束了，众人四散。我忘了怎样和谷青道别，但每人留了彼此的地址——某县、某公社、某大队、某生产队——那时哪有手机或伊妹儿（E-mail），知青生涯就是没完没了地写信、寄信、等信。我存着昔年的大叠信件，其中应有谷青的回字。

1975年，我在江西实在混不下去了，靠朋友帮忙"流窜"苏北农村落户。那年月，私人迁移虽不算犯法，但近于一桩罪，我瞒着众人独自潜回赣南山中办了迁移，逃离时，在南昌去上海的火车车厢连续写了六七封信，与仍在各县的哥们儿逐一道别。人在底下熬日子，一朝听得哪位知青走了——哪怕只是去到另一处乡村——那份黯然而自伤，无法说给今日的九零后听。不久，谷青的回信到了，劈头写道：

"你就这么走了，简直当头一棒！"

我明白他的意思。1982年我出国，另一位四川画友得知后来信，也谓"当头一棒"……返回1975年，我们谁也不知"文革"将于翌年收束，更不知我辈居然还有上美院的福分——1978年，谷青来信说考上了浙江美院，真是喜从天降，他终于不必伴着那只长不大的猪，困在山沟，我愉快地想象浙美校园翩然走动着这位身长面白的才俊，推算回去，那年他也不过二十六岁。

再收到谷青的信，已去十余年，我人在纽约。他说他想办理出国，问我能否寻找经济担保，其时我正为两三位亲友办理类似手续，一时帮不上，回信抱歉。好像是九十年代初吧，哪位旧友告诉我，他终于成功去了加州。

疏忽又近三十载，其间我俩断了音讯。数月前再次得到消息，却是他的妻子的哀告：谷青没有了。

在我们如今的岁数，每闻朋辈的消失，不会有"当头一棒"之感——我在北京的同班同学也有三位先走了。

这些天追寻记忆，程谷青，从来只是二十一岁。

我与谷青算不得患难之交，1973年南昌岁月是我俩知青生涯最快乐的一段。他是早慧的同道，才具逼人，以他的发奋而自制，一定有寻求变化的故事。谷青夫人发来他近几十年的画作图片，多水墨画，才气还在，看过后，我却禁不住想要和他"辩论"：那手干净的连环画，为什么后来不画了呢？看来我俩相识一场，没有辩论的缘分。

此刻遵谷青夫人嘱，写这些字，不知谷青画册中是否收入他七十年代的连环画稿，如若不然，则属于我私人记忆中的那位谷青，真的走了。

2018年5月29日

致敬邢啸声先生

教师节当日，邢啸声老师去世了。消息说，他的坐骑与车相撞，受伤，数日后于家中再次摔倒，送医不治。

八十二岁了，啸声师还在骑自行车？！

年轻人是不知道他了。所谓美术圈也早忘却，或者，从未认真尊敬过他。据我所知，他被迫离开了供职三十余年的单位，原因很简单，他并非央美"嫡出"，却做了那代学者做不到，或并未想到的事：他先后与不下三十位欧美一流艺术家结识、结缘，其中最深最厚者，是法国人巴尔蒂斯、德国人吕佩尔茨、西班牙人塔皮埃斯。

知道吗？二十世纪八十年代对早期现代艺术尚且懵

圈的中国美术界，忽而扔个巴尔蒂斯大展过来，简直欺负人，啸声之名即起于此案。

再者，他持续出版的图文书非但在三十年前开风气之先，便在今日满目汉译西洋艺术专书中，亦属选材冷僻而学问专精。据统计，有手写稿本上千万字，倘若出全集，规模逾五十部。我所记得的有罗丹论述"法国大教堂"的译本，庞大的《法国美术史》《西班牙美术史》，中世纪柱头雕刻专著等，开译而未完成的，有中国美术界从未弄清的《哥特艺术》和《罗马艺术》……

而啸声师的性格偏偏是恃才傲物——好，你会法语是吗？你认识域外名家是吗？你雄心勃勃要来出书？行了，不必有悬念，这等角色迟早出局。

"王八蛋！"啸声师几回狠狠皱起他方硬的脸，咬牙切齿。我知道他指的是哪几位。

但他随即眼角弯弯，笑将起来，忘了几秒钟前的那几位王八蛋，大谈欧洲此行，说是又去了哪家博物馆、哪座教堂，造访了哪位名家的画室——同辈同行最恼火就是这路领先的行状——然后拿出人家送他的素描，笑得眼睛都看不见了。

这是可羡慕的。在他京西公寓的某一墙，挂着十数幅大小不一的欧洲名家素描，品相最高者，自是巴尔蒂斯。因这样地近距离触探欧陆艺术家，更兼文本功夫，央美年轻人格外欢喜啸声师的讲席。

大约1981年，啸声师调入当时央美的《世界美术》编辑部，当时百事待兴，他正当盛年，当然想干一番。然而央美是"近亲繁殖"的老单位，忽然来个有才学有抱负的家伙：你想干吗？

他知道讨人嫌吗？也许不知，也许了然。反正恃才傲物的人正像啸声师那样，梗着脖子，挑明了不吃这一套。

那年我才毕业，他曾引一位法国女士采访我的西藏系列，我们同去城西宾馆与之会面——各骑一辆自行车，那时他多年轻啊——我于是领教了他的法语：其时在京外国人很少，他已凭一己之力，展开文化交流了。

翌年我出国，又数年，啸声师转道欧洲，到临纽约。那时节学者出国异常之难，我请他留宿，长夜痛聊，知道了巴尔蒂斯全家怎样款待他、喜欢他的书法，知道他怎样苦心筹措的出国经费多半是欧洲人弄的……我带他出去玩，也才知道他还说西班牙语："你看，西班牙语在美国也行得通呀！"说时，又笑得眼睛看不见了。

他是爱憎喜怒都要上脸的人，日常说起学问，旋即书生正色，言及中世纪艺术，忽而两眼凶光，手指头戳过来："中世纪艺术不得了啊！丹青，"他厉声说道，痛苦地揪起他的脸，"我们对这方面的认识，我敢说，完全空白！"

这是真的。近十年，我两回陪他出席他的新著的座谈，前一回在西班牙驻京文化协会，眼看他正色对着全场解说"圣地亚哥"一词的三种发音、不同汉译——法文、意大利文、西班牙文——其实是同一朝圣地，而这同一地点的历史渊源又是如何如何……

我知道，这是书生极度快意的时刻，我也因此知道，他送我的那本西洋美术词典，该是花了他多少工夫。那年啸声师白发苍苍，岁逾古稀。

唉，谁要听呢，满座青年谁会果真要来识别"圣地亚哥"三种汉译，来日穿越法兰西而西班牙，领受知识的骄傲？他那本词典郑重签了名，送给我，我却至今不曾翻过，近年不要脸弄了《局部》视频，抛头露面地讲，啸声师见了，怕要重重地叹气。

下一回陪啸声师——现在想来，便是与他最后一面——他衰老了，落座后问到岁数，他眉毛一挑，笑道："七十九！"

他语调见慢，间或喘着，总要一字一顿这才朗声说出关键的词句，可惜我忘了宣讲题目了。座中有位我认识的中年女士事后急急找来，说：怎么办呀，你这位邢老师，我爱上他了！我说你是认真的吗？她那样地欠了身子，怕我不信，翌日来邮件，要我介绍。当然，这类事不会有下文，我也从未告诉啸声师——倘若没记错，那回见，他已丧偶。

而啸声师确有魅力：游历四海、潜心著作，又是个刚硬的男子。或曰，各院校学者很多呀，我是说，如啸声师这样的老大学生，悉数凋零，今市面上不易见到了。

所谓"老大学生"，按代际，须是三零末四零后出生，共和国头几拨高中生、大学生，不少是"文革"前刚毕业，骤而荒废十年，中岁奋起，重拾各自被耽误的术业，孜孜矻矻，一股子舍我其谁的气概。

相较我辈的集体人格，优异的老大学生受教扎实、

上／下图：这是我末一次陪着啸声先生出席他的新书发布会

做人正直、处世单纯，不会作假卖乖，不会敷衍混世。他们倾力于事功，却不是功利主义者；办事精彩，却不是为了自己；一流的交际功夫，全是公事、大事、学问事……共和国几代人，论到国家、理想等大关节，老大学生最是耿耿当真。

而他们的命运均有相似的一环：上比民国各路老前辈，资望远不及；下比开放后窜上来的五零后一拨——其时电影、文学，早早走出国界——幸运远不及。到了中岁晚年，时风日趋媚世而欺世，老大学生到底学不会，反倒更其耿介而迂阔，啸声师即是一例。

他们早先潜修的领域——例如中世纪——不免是断层彼端被阻断的诸般旧课题，八十年代重理头绪，才见眉目，又被断层此端种种新名目给冲散、错位，以致显得过时。当初啸声师引入巴尔蒂斯，虽也迟到，毕竟新人耳目于一时，待他上窥欧陆文化轨迹而潜心追踪，本土当代艺术的兴奋点早已是杰夫·昆斯、达明安·赫斯特之类。

啸声师毫不在乎。他求事功，因他挚爱自己做的事。

他的寓所，我仅去过一回，师母炖了烂熟的蹄子，静静坐听我俩闲聊。饭后引我到他很小的书房，啸声师立马得意忘形，指着一堆堆分类的厚书——法语、西班牙语，也有英语原著——"事体做不光呀！"他挺着腰板，照例用沪语对我高声道："老了么，顶开心就是事体做不光呀……"

我喜欢看他得意忘形，整张老脸揪起来，我也喜欢他无所不在的坦率，除了"王八蛋"，还说他血糖高，忌了甜食："乃么苦煞，看到马路边的烘山芋，馋呀！"

他就这样的没了。说来不敬：被撞、跌倒、太刚硬，真像是啸声师的死法。我好心痛，但哭不出，因他是条汉子。今年去世的人无法趋前告别，虽啸声师并非死于疫情，此刻我在南方，昨天他已火化了。

2020 年 9 月 12 日写在乌镇

徐岩的北京 [*]

1900 年前后，阿特热直觉到旧巴黎的灵光行将黯灭，沿着大街小巷拍摄了数百张银版大照片，然后死去。

奔向新世纪的人们不在乎他的照片。七十多年后，摄影界有心人公布了这批作品，新一代欧洲人这才明白，阿特热预先留存了十九世纪巴黎的经典肖像。

画家郁特里罗同样迷恋旧巴黎。他跟着画家母亲瓦拉东在蒙巴纳斯长大，根据当年的彩色明信片，画出无数动人的油画，每个角落停着童年记忆。

---

* 徐岩，北京人，无名画家，任宁夏京剧团舞美职二十余年。2019 年逝世。2020 年，中国油画院举办了徐岩作品回顾展，此为画展序言。

名胜、乡村、都市、街巷，是风景画家逗留不去的主题，但一往情深凝视自己的都城，画了又画，毕竟是少数个例——并非每个城市的记忆都会托付给艺术，除非有位痴心的人，譬如阿特热或郁特里罗。

北京也有这样的痴心人，名叫徐岩，诸位一定从没听说过他。

如六七十年代油画家，徐岩以苏式的笔法与印象派色彩，画油画，也画老老实实的素描。二十一世纪初我认识他，他已年届花甲，积攒了数百幅纸本小油画和大尺寸素描写生。一年四季，除非雨雪，徐岩每天带着画夹子，幽灵般走遍全城，描绘旧京业已拆除、将要拆除的老街巷，如今，他画中的大部分景物，被新北京埋葬了。

他在北海、紫禁城、团城、京郊描绘的油画写生，明丽而多情，街巷素描写生却像是挽歌，所有旧楼与门墙藏着记忆，每幅素描的边上，写满他的题记：这里曾是何处，谁曾是楼宇的主人——清朝的恭王府，北洋时期的官邸，日军占领年间的刑警处，民国文人的旧寓——如今它们沦为大杂院，破败不堪，有如历史的残骸。

在谦卑的描绘中，徐岩怀抱近乎疯狂的执念：他要

以下十四幅为徐岩的街巷素描写生

見
証
者

樹屋

二〇〇七年二月八日画於北京
東城府夾道29号

巷道

二〇〇七年元月吉日製

於京東崔府夾道廿一号

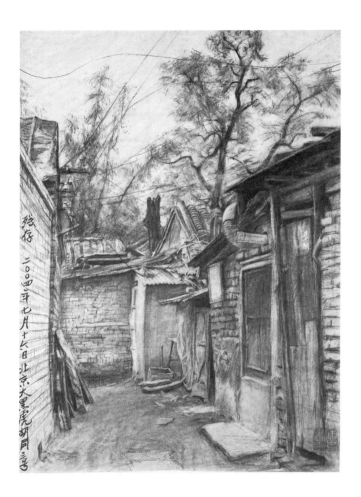

残存
二〇〇四年七月十六日
北京大黑虎胡同之三

五四之门 二〇〇八年四月六日写

北大红楼乃五四运动发源地，现已就文化运动红楼馆

二〇〇四年五月十二日北京东城报房胡同老房

徐岩的北京

北京西城 龙头井街
二〇〇〇年八月十五日

徐岩的北京

徐岩的北京

巷口　二〇〇一年一月三十一日于北京东厂胡同

徐岩的北京

将日记般的素描写生，变为岁月的档案。

这是一批再朴素不过的素描，无可救药地诚恳。稍经训练的画手都会画几笔街巷写生，但没有哪位画家能画出徐岩赋予素描的哀婉、挚爱，处处投射诀别的目光。

他用毛笔题写的文字、年份、印章，破坏了这些——我以为是一流的——素描，但在徐岩，这是不可或缺的部分，他在为记忆作注。他生于民国末年，论辈分，并未亲享旧京的荣华，他不曾与我说起自己的家族，但他的友人告诉我，北洋时期民国总统徐世昌，是他的伯祖。难怪他知道，他笔下那些破败的街区、宅院，曾经体面而自尊。

这也是他和他的作品的自尊。信守清贫、孤寂、无闻，徐岩的画没有观众，没有展览，不出卖。晚年体衰后，出门少了，他开始一幅接一幅画自画像，在纸端下方写一首诗。当他画遍旧京，当旧京变得无法辨认，他回首凝视自己的垂老，直到去年谢世。

这批自画像和他的街巷写生一样，无可救药地诚恳。在不同角度、不同光影中，徐岩的目光分明无助、哀矜、固执——令我想起晚年珂勒惠支，甚至，伦勃朗——这样的自画像无关乎艺术与技术，而仅仅是人对自己的凝视。

今日的艺术家恐怕不会看得起徐岩的素描。他的画，提醒我久已忘记的什么。那是什么呢？诸位如果愿意暂时放弃市面上关于艺术的种种妄议和谗言，稍稍驻足看看，或许各有所悟吧。

2020 年 2 月 5 日

以下七幅素描为晚年徐岩自画像

期盼的老农　二○○二年五月十八日写于病右

老衲欲隐避俗尘，尚秉拙力写清魂；
雕虫小技堪何用，倦对天下名利人。

二0一0年八月十八日 庚寅七月九日

匠忠 书

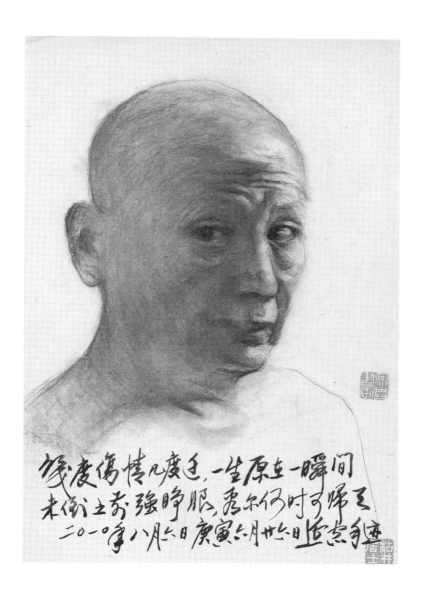

几度伤情几度迷，一生原在一瞬间
未偿土奇强睁眼，秀尔何时可归飞
二０一０年八月七日庚寅六月廿七日垂志手迹

见着镜中半妇鬼

80·316

忍看此生半為鬼

二〇〇七年一月八日

徐岩喜欢在他的风景素描上题字，注明街巷的旧称，并盖上他自己的印章。每张晚年自画像下端，他写下好几首旧体诗，也加盖印章。他实在有很多话要说。一个没有朋友的人，一个终身不被关注、更未被承认的画家，便在画页上自言自语。晚年自画像中的那个徐岩，既是倾听者，也是言说者；印章，则是对他自我倾诉的郑重确认。没有人知道这些画，没有人会在乎这些画。"未倒之前强睁眼，看尔何时可归天。""忍看此生半为鬼。""张牙无耻秀清真。"——以我有限的眼界，除了伦勃朗、珂勒惠支（也许包括毕加索晚年）的自画像，我没见过这样诚实的自我凝视。

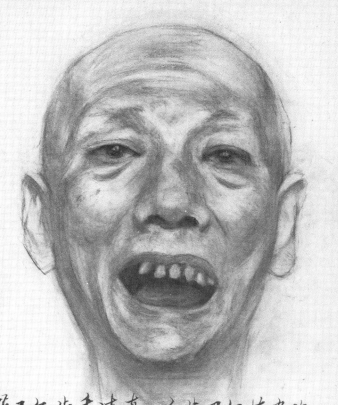

張牙無齒秀清真，含悲忍怒掩棻陳，
強顏樂觀飾天下，現代時髦笑面人。
二○一○年八月廿七日庚寅七月十八 丘忠

青年时代的侯一民，摄于朝鲜战场，时年 23 岁

除非我们亲历 *

昨天黄昏，侯一民先生去世了。今晨见到讣告。

如今市面见不到这等人物了。侯先生相貌堂堂，有威仪。他总是笑吟吟的，随时诙谐，但即便笑着，他仍然有威仪，而且深沉。讲到愤恨惨伤之事，他照样笑，但目光敛了笑意，用好看的眼睛，逼视你。那天他指着我画架子跟前的地板，说：

"就在这里，他们打了我十四天，不让回家。"

这时，他的眼睛又笑了。为什么他会笑呢？他接着说：

---

* 此篇为怀念侯一民先生而作。侯一民，中央美院教授，2023 年元月 1 日逝世。

"皮肉打烂了，粘在地板上，翻不了身。"

那是我们上学开课的头一日，四十四年前，众人听了，当下不知怎样回应。那会儿的美院规矩，师长一律称先生，然而全班默然，没人叫声"侯先生"。

以九十二岁高龄算回去，侯先生是老共产党员，1948年北平艺专地下党支部书记，而校长徐悲鸿不知道。"有天我爬在树上，"他厚厚的双眼皮笑得叠起来，"他们跑来跟我说：'你闯了祸啦，徐先生要开除你！'"我忘了什么祸，结果自然是没给开除。翌年，天安门开国大典游行队伍中，据说就有他，还有另一位美院地下党员，日后与他争锋的李天祥李先生。

现在想，支部书记爬树那年，才十八岁。讣告里上了几张青年侯先生的黑白照片，实在是大帅哥。待我混进美院面见侯先生，他正当四十八岁，稳重，笃厚，正像我们心目中的老画家。算算他被痛殴的岁数，更是青壮。那年月多少教师被打死了，他居然活到昨天。

我们小时候远远景仰侯先生，以为他是老头子，其实他画出《刘少奇与安源矿工》那幅画时，根本就是小伙子。六七十年代没人知道西欧与美国的艺术，油画世界的"天花板"就是苏联作风，且看侯先生笔下那群黑黢黢前行的矿工，全是笔触，全是力量，搁当年，十足前卫。

所以这群考上美院的将在他门下舞弄油画，想想便即神旺。结果考试末一天，侯先生笑吟吟走进来，左右招呼后，问我岁数。我答二十五岁，他那样地把嘴收进去笑，狠狠看定我，说出我们万想不到的话：

"哎哟，你们可没给耽误啊。"

如今我当然明白他的意思。实在说，共和国出道的头一批精英，不管干什么，都给折损了最可有为的壮年。不久，我在后院破旮旯看见侯先生站在一块大画布前，布上正是他重新画的刘少奇与矿工，原作呢，早给毁了——他被痛殴，就为这幅画。我所折服的杜键先生的《在激流中前进》，也被拆下木框扔地上，给人走来走去。

杜先生说及此，神色平然，不见半点怨责。他是老党员，我们进校时，他正与夫人高亚光先生画着巨大的画，幅面中央停着周恩来的灵柩。是的，这就是他们那代人。

师生间彼此交处而至渐渐明白，要有足够的岁月。侯先生的早年精彩，我辈只能想象，待有了师生缘，他已步入中岁，往后数十年，眼见得师长们俱皆老下去、老下去，其中偶有阶段性面见，到此刻，应该写点出来。

侯先生所能给予我们的指教，少之又少，不是遗忘，而是，他并不常来，来了，也不像上课。私下里他是可以长谈的老师，课堂上则要言不烦，从不做理论的冗谈。

"你要画脚，不要注意鞋子。"他看我在画红军装扮女模特的足部，笑吟吟说。我说旧军装的洗白的蓝色，好难画，他正色道："别管它什么红啊蓝的，你要调出说不清哪种颜色的颜色！明白吗？说不出哪种颜色的颜色。"

巡看同学的画，他不说好，也不说不好，沉吟着，微微笑，他的笑有感染力，讯息好多，我们便读他的神情。考试期间，临到考创作，众生惴惴，因那时的教条都是命题创作，侯先生出谜似的环顾一圈，故意逗大家，接着叫道："不设题，随便画！"于是满堂欢呼。

真的，他不管我们，只顾微微笑。从高原回京那夜，同学景波带着我和那几枚西藏组画走去他家，给他看，看到《康巴汉子》，我们七嘴八舌说是哪张脸像谁，侯先生伸手指向正中的汉子，一字一顿说："我看哪，他就是他。"

那一阵侯先生的兴奋点，不在油画，而在别的大计划，不久，由他领衔，美院新增了壁画系。他相中景波，景波便也撺掇我去壁画系，我不情愿，侯先生似乎明白我的心思，说及此，倒是默然。又一年，我申请出国，结结巴巴与他说了，他一怔，完全不笑，沉下那张英俊的脸："丹青啊，你正是抓紧出作品的时候……"我支吾辩了几句，他低头听我说完，忽而换了哄小孩的口吻："好吧，好吧，怎么办呢……"随即轻声叹气。

不久他请我到家吃饭，算是送别。整块的羊腿和大红薯，使我相信他祖上真的是蒙古人。那天清晨我在传达室候车上机场，黎明曙色中，侯先生沉甸甸走来。他那时有点微胖了，捉了我巴掌猛一握，掉头就走，同时喃喃道："走吧，走吧。"

这两天网上出现好几个侯先生的视频，诸位见到的是白胡子老人，活像今人想象的李聃。高小华给国家博物馆画周易文王，便一五一十依照晚年侯先生的脸。但我所记得的侯先生，胡须刮净。八十年代作兴西装，有一回他穿了走来，头发往后梳，简直像是银行董事长，他语音顿挫，一开口，又俨然是个高官。果然，好像是我去了纽约三四年的样子，远远听说老院长江丰去世后，侯先生被任命了。

1986年他忽而飞临纽约。"丹青啊，我侯一民！"电话里听到他，如幻似真。我不记得他这趟远差的目的，好像竟要在香港筹办美院的分院？反正侯先生是美院出了名的会办事、能张罗，人脉又广。他住苏荷区舞蹈家江青寓中，唤我去，才发现这位老共产党员与港台旅美的文艺精英个个熟稔，谈笑风生——香港大导演李翰祥是他北平艺专同学，曾随他进过我们的教室。之后，他去了加州看望长兄，那长兄，竟是民国年间的空军军官。

我于是陪他在曼哈顿走。侯先生好仪表，块头大，走在洋人堆里照样气概非凡。我陪他进了几家古董店，主人恭恭敬敬，以为有生意，有位老板悄声问道："He looks like a big man…"那样的店堂，我平日不敢进去的，现在，老地下党员在乔治一世和伊丽莎白时代的豪华摆设间缓缓走动，带着那样一种表情，十多年后，我在侯先生别庄才明白他那时的表情：他自己就是疯狂攒集古董文物的 big man。

短暂任职美院领导期间的侯一民

1986 年侯一民在纽约和我们合影。左起：张红年（六十年代央美
附中毕业生），侯一民（时年 56 岁），金高、王济达夫妇（五十
年代央美毕业生），李全武（八十年代美院进修生），我

夜里我们仍在第五大道走，他迈着大步，自言自语。曼哈顿疾步匆匆的人流，车流，摩天大楼，我瞧着他宽大的后背，只顾往前，好像忘了我在左右。

临别，他把自己庞大的身体坐稳了，脸一沉，开始劝我择时回去。那几天我俩已不再是师生，眼下他又变得像个领导。

"我知道。"他慢吞吞说，"我知道你爹是右派，知道你们知青的经历……可是美院需要人，国家需要人……"我心下叫苦：又来了，看来他真的是个领导。那年我三十三岁，说话不知轻重，对着侯先生那张脸，我常会放肆，因他从不教训我。这样地有点僵持着，临到分手，他又歪脑袋看旁边，缓缓说："你们在这儿不容易啊，不容易……"随即抬眼正视我，站起身来。我读出他的目光的意思："小子哎，你不会听我的，我知道。"

我抱抱他，发现革命人习惯紧紧握手，不太会拥抱。

接下来的剧情是什么呢？回国后，侯先生旋即下野了。无聊而有趣的官场啊。谁比侯先生长得更像官员呢，而一朝为官，我相信，这位北平艺专小支书的宏愿，就是撒开了做事情——其实侯先生很"傻"，但老帅哥有脾气。我为这脾气鼓掌，而今想来，却是他重拾性命后的又一场羞辱，不下于当年被痛殴。

翌年收到侯先生的信，老头子到底诚实而大气，他不掩饰自己受伤，但语调平静，一句不提人事，每个字方头方脑，好比他被揍之后爬起来，凛然站好。就此，他的另一段生活开始了，几乎带着喜剧感。多年后在深圳游乐园见到数百上千各族人民小雕塑，方头方脑的，我就认出了侯先生。

1991 年他又翩然来美，事忙之余，特意来到我的寓所。"丹青你知道吗，我现在是个地主！"他喜滋滋说，旋即大谈他的山庄与孔雀，还有他在深圳的大项目。我说侯先生您多大啦，他眉毛一挑："六十有一！"

今岁我已到古稀之年，才知"六十有一"多么年轻而能有为，可是那天我心想，侯先生老了。如所有被耽搁的那代人，之后二十多年，他试图，而且成功地向自己证明，他还能做巨量的事情，还被需要。

终于，新世纪头一年，我坐在他满是鸟粪味的大山庄。所有来客一定参观过他齐集自己全部作品的圆形美术馆（他郑重画了他的老师徐悲鸿、董希文、艾中信，个个画得像是旷代英雄），看见笼子里懒洋洋的孔雀（周身土灰色，老两口哪有工夫给它们洗洗）。我所惊讶的是无处不在的佛头、唐三彩、汉魏石像，密密麻麻的小件，还有若干老字画，他颤巍巍取出来，展开给我看，一边笑眯了眼，管自嘟囔：

"解放前后北京地摊上都能捡到。一有稿费就往那儿跑……他们不懂，我捡漏！"这就是地下党帅哥的业余生活吗？听我在旁啧啧称奇，他瞟我一眼，叹口气，耳语般放轻语调，忽然显得可怜：

"丹青啊，弄这些玩意儿，我侯一民才能活下来。"

那时他已留起长长的胡子，任其垂散，变成我陌生的侯一民。我相信他愿意示人的老态，正像回向归隐的风神——那是他另一处内心资源，古董也是。他真的归隐了吗？山庄另一侧是他设置的会客厅，或者，会议室，空荡荡停着庄严的尘埃。我又想起他曾是领导，以他的资望，在如今被称为领导的人群中，他是令人起敬的老艺术家。

2005年，油画班同学联袂去看望昔年的师尊。折腾二十多年壁画梦，油画家侯一民似乎回来了，老头子扛出新油画。边上有一幅依照片制作的两伊战争画面，没画完，显然要找回年轻时代的笔力。你也关注两伊战争吗？我问。他像个坏孩子那样（带着花白的胡子）大笑。

那年地震过后，不晓得怎么一来，中华世纪坛展出了侯先生的一组抗震系列，尺幅很大，他被哺育的苦难美学又一次让他不安分。景波携我前往，只见白胡子老人拄着手杖，振振有词，人群似乎没在听他，当嘈杂稍低，侯先生庄严地说：

"最近，我心里，总要想起一个名字：毛泽东！"

现场人太多，我没上前招呼，现在想，便是末一次远远地望望他——本周，老人的死亡消息接踵而来，小小美院，年逾九旬的李化吉、钟涵，高龄过百的周令钊，相继辞世了。七十多年前，他们是一群咄咄逼人的青年才俊，其中有位侯一民。

人其实难以了解长辈。现在我试着想象他，然而只能止于想象——我没有在三十多岁被人毒打。我没有过上任与下野的荣辱。我没有好几屋子古董，甚至没有胡子。当然，更没在十八岁加入中共地下党——除非亲历，我不能说了解侯先生。

他最耐看的画，是1957年画的《青年地下工作者》，时年二十七岁，此后他没再画出如是丰厚密实而血气方刚的作品。好一幅卓越的苏联油画呀——那年，马克西莫夫本人正在北京（想想吧，倘若杜尚或是博伊斯介入央美的教学），那时，北京与莫斯科正当结盟的盛期（我出生翌年，中苏友好大厦在北京与上海动工）。同样重要的是，侯先生在画自己的十八岁。我不知道这位帅哥与同伙的行状究竟如何，但当他十八岁进入秘密组织，从事亡命的勾当，那种紧张、浪漫、向死的狂喜，我们没有过。

而仅仅一年，侯先生亲见了这个组织夺取全中国。那该是何其感奋高亢的时刻——我辈也没有过。

这就是侯先生亲历的年代，1949年带来的时间感，支配他终生。在他那代人的观念中，不存在多元文化、个体价值，同时，优秀的个体会在宏大叙事中获得无可遏制的能量，并理所当然地将其神圣化，祭献个体，如奉宗教。此外，我不相信动人的经验都能转化为艺术，除非有相契的美学正好在场。在这幅画中，我们二十七岁的帅哥找到双重的咬合与迸发，如所有艺术家毕生最妙的一两件作品，可遇而不可求。

他二十九岁开手描绘安源的矿工，动机、激情，仍来自他入党前后那场席卷亿万人的洪流。然而侯先生究竟不是矿工，他以苏联油画的基因想象矿工，终不及《青年地下工作者》。

或许因此而侯先生经得起毒打吗？这是理解侯先生（及所有同样命运的老党员）最最困难的问题。我没有答案，因为我不曾亲历。当他被揍翻在地时，我十来岁，亲眼见过被打得血肉模糊的壮汉，重重地扑倒，爬不起来。在伤口与地板撕扯的十几个长夜，侯先生想过什么？

他没人可说，于是对我们说，说时，脸上泛起惨笑。多年后木心告诉我一个古词，叫做"痛哐"，专指这种笑。

讣告的影像中，1973、1976 年，侯先生已在工厂教画、写生，挺着腰板，半点看不出几年前遭遇过近乎丧命的毒打。那时他想不到自己会高寿九十二岁，但他到老不会忘记那场休想还手、无可挣脱的屈辱，反倒地

《青年地下工作者》，侯一民画于 1957 年，时年 27 岁

下党种种故事，他仅只提到爬树。聊到徐悲鸿，他又笑得发颤，说是徐先生给新生作报告，讲着讲着，从长衫里掏出块鸡血石，得意扬扬，说是刚从琉璃厂弄到。

他在回想他的老师，如我此刻写他。疫情间辞世的老人，无法趋前拜别，但侯先生最后的时日，我也不愿见他。我知道他山庄独坐，身边是忠实的老伴。"你俩怎么好上的？"我曾问。"邓澍吗？"他不看我，笑起来，"她是解放区的。"明白了，好一对革命爱侣啊，地下党帅哥立马爱上了她，日后，这位解放区姑娘就陪着地下党挨打。哪止十四天！据说两夫妻半夜忍痛疗伤，黎明前，扯了棉絮彼此捂上要害部位，护护身子，待天亮，被学生押出去继续痛揍。

这就是侯先生的美院生涯吗？他出局了。身为北平艺专1946年那届头号佼佼者，因才干出众而招忌，原不必惊讶。我想过，以我的不知趣，若他当年坐稳了官位，我会疏远他，他出局后，我还是狠心疏远他：我不愿看他老苍苍坐那儿，壮志未酬，虎落平阳。

走吧，走吧，侯先生。如多数年迈者，他渐渐不认得，也看不惯这陌生的时代。有谁看得惯呢？好在他随

来自解放区的青年邓澍

时遁入自嘲，那是他疗伤的棉絮。我不介意他暮年鲜有听者的滔滔宏论，我确信的是，他从未失去他可爱的嬉笑。倘若侯先生不苟言笑，我不会太牵念，更不会爱他。

2023 年元月 2—5 日写在乌镇

侯一民、邓澍，摄于二十世纪五十年代。2023 年
元旦侯一民逝世，邓澍就在同一病房。二十天后，
邓澍逝世

数年前病重的侯一民

左 / 右图：暮年侯一民

童年詹建俊

美院的公爵 *

　　但凡手机里划到近年去世的老者，倘有图像，我总爱细看他们幼年的模样。那年月的黑白老照片，如今愈显珍稀。二十世纪二零后生人，已届百岁，三零后，便是侯先生、詹先生这一辈了。

　　诸位见过詹先生小时候的模样吗？戴顶小帽，翼翼矜矜，那份贵气、英气，没法子形容。

　　这就是民国时代的孩儿——若没猜错，顶多八岁吧，

---

* 此篇为怀想詹建俊先生而作。詹建俊，中央美院教授，2023 年元月 11 日逝世。数周后往访师母，看见客厅一幅大画，詹先生倒下的那天仍在画这幅画；小辈拍了照片，只见他举着小小的调色板，偏头审视，傍晚就走了。

时在 1939 年——固然，詹先生想必是好人家公子，小西装口袋还露个半截手绢。但不少民国老照片的贫家子弟也常见一股子英气、锐气，纯真而无猜。

为什么讣告非要配暮年遗像呢？这篇稿子，我要供上小小的詹建俊，请诸位好生看看！

如今五零后也都老了，念及寿数望九的师长，不免暗想：啊，他们将要离开。话虽如此，咱们詹先生可得长长地活着——照东北话说，那是"必须地"——老美院群雄站开来，詹先生的身高超然领先，寿数也该最高吧！元旦听闻侯先生走了，我闪过一念：

詹先生可别渡不过这道关！

所谓"驾鹤西归"，说别人，到底酸腐，詹先生这才叫如鹤如仙，一米九三的他走远了，望之飘然。晋人的"轩轩霞举"，人群里找找，谁当得起呢！然而老美院杲真有位轩轩霞举的詹建俊，晃过来，飘过去，大家没话说。

早些年时尚杂志就所谓"绅士"为题，采访我，我心想，如今世道谈什么绅士啊。问及具体的人，我便说美院有位詹先生，人称"詹大"。晚辈说詹大贵族范儿，我看他像个"公爵",其实我哪见过公爵,可是詹先生虽从红色年代趟过来,暮年仍是公子相,令我无端地想到这个词。

随便什么场合,詹先生往他47、48届同学堆里一站,无疑"高人一等",当然被奉为美院的符号。中国油画学会几位大佬排排坐,岂能缺个詹大?昨夜詹先生仙去了,那景象,虽不至落幕收梢,客气点说,就此失色了。

上学时,詹先生不是我们的当班老师——名义上,事实上,日后他成了各省油画参选大军的总教头。相信吗,职称评定废除十年,1978年,这帮大佬都不是教授。侯、林、靳三位是要给"文革"后美院头一届研究生带课,这才由文化部临时委任副教授,几年后职称制度恢复,始得扶正。其时董希文先生早已身故,八十年代初,无可争议,美院第三工作室由詹先生领衔。

以我旁观,詹先生任教的作风是"师生之交淡如水",不论年龄大小,关系远近,级别高低,走到他跟前,他绝不冷淡,也绝不热络,岸然地看下来,领首浅笑,握握手,要之,他的性格从不夸张。

詹先生的师德、画风,会有第三工作室的历届精英作文评述，我与詹大相对的三个场景，至今记得，试着写写。

1977年头一回进美院拜见他，发现美院大佬个个没有画室，居处呢，是在黑黢黢筒子楼某一间，不到二十平方米。詹先生家住摆满厨炊的走廊尽头，隔墙便是厕所。这就是中央美院吗？那年月人人都穷，哪里都穷，我不诧怪，只在乎将要见那位一米九三的人。

其时我混在乡下，二十四岁，蓬头垢面，趋前叫声老师，说想看画，詹先生就从沿墙挤靠堆叠的画布里一幅幅抽出来，摆摆好，陪我默默看。画框子取出又放回，其实很烦，詹先生理所当然地做着，不要我帮忙。那夜说了些什么，忘了，反正他不虚应，不教训，就像对个平辈。

师母王樯，舞蹈家，身姿笔挺，笑盈盈与我说上海话。詹大身边是她，瞧着很当然，天造地设这句话可能就是依照他俩说的。今师母年逾八十，照样笔挺，此刻替师母难过。

我们上学那会儿，大佬画画必须偷偷摸摸，总要等哪个班学生下乡去了，教室空出，这才混进去弄个十天半月。我和颂南、景波走过，探头张望，詹大就哼哼道：

戴泽画詹建俊速写小像，1955 年

"来来来……"于是从画架前站开，继续哼哼："看哪儿不舒服，照直说。"

当侯先生说"你们可没给耽误啊"，实在说的是他们全体。林岗先生、杜键先生躲着画画，见我们闯来，也都让开身子，一脸诚恳："哪儿有毛病，直接说。"现在呢，现在的孩子三年硕士班，见不到几回导师。

下一个场景是我归来不久，有次给拉到油画学会的什么会场，我就口无遮拦，说油画不过是工具媒介，哪个国家会拿画种说事呢，最后弄成权力。隔座有位好汉当即反驳，熟朋友急着拉圆场："丹青啊，学会是民间性质呀，不是官方的。"我想，纽约把我带坏了，一到北京就错位，而詹先生是油画学会的大门面，那天就坐在我近旁。

但他偏头听完，一声不响，起身离座。

后来在本土江湖泡久了，我渐渐领教了。大家明白的事，不可说破，我的愚钝，是很晚看清声誉之在中国，不是为了尊敬，而是给众人用。各省的油画草民何止万数，谁不想在北京混个脸，若非詹先生站台，如何服人？而谁都似乎看透了詹先生不知营私，岂能由他闲着。至于他被推到台前再三申说"建构油画的中国精神"云云，在他一辈，完全出于真心。

六十年代，詹先生与靳先生是非党员名家，被组织上目为"白专生"。就我所知，终其生，詹大可说是美院同道中没有是非的人，亦没有"政治"。红色年代美院的左右派相持不下，久则两伤，中间有位轩轩霞举的詹大在，便是难得的平衡。以"白专生"的过去，他自然与偏"右"的老同学相近，譬如朱乃正，而据师母说，侯一民先生去世前几个月，还跟詹大电话里聊了好久。

改革开放后的岁月，他当然会被戴一堆高帽子，但他不做官。他的资望犹如身高，岂靠经营而来，故他坦然身兼虚职，除了场面上站台，底下不用权，不私授，不揽自己的党羽或跟班。君子之交淡如水，遇到不懂事的晚辈，譬如我，也就默然走开——这是我所记得的第二个场景。

再一个可就远了。1980年秋，我们开了毕业展，当天下午师生围坐着，江丰主持，开了座谈会。议及我那几枚西藏小画，便说起现实主义，遂叫我走到中间谈体会。那时两分钟发言我都语无伦次，只说，现实主义不敢当，也就是自然主义吧……时任党组书记的洪波，起身纠正，大意是说：我们对现实主义要有明确的态度，没有政治立场的自然主义，是不存在的，小陈啊，要保持清醒，等等等等。

会场气氛一时有点僵，我暗暗紧张，心想说错了话——那位洪波老师当过右派，其实是个直性子。这时，墙角忽然响起詹先生沙哑的哼哼，他慢条斯理地说：

"今天接到通知，说是要讨论解放思想和艺术创作的问题，我看让年轻人多谈谈吧，听听他们怎么想。"

全场鼓掌。散会的纷乱中，景波走去和詹先生重重握手，只见詹大歪着脸嘿嘿一笑，像个没事人——现在回想那天，简直像古代发生的事情一样，没人知道后来会有八五新潮，更不知当代艺术这个词。今天的九零后也许很奇怪：自然主义？何必紧张。可是四十二年前，詹先生朗声说道："让年轻人多谈谈吧。"是的，那天我等于当年的九零后。

前些天怀想侯先生，写着写着，忽而想，死神关闭了他的屈辱的记忆，也许是件善事——据美院也曾挨整的老学生说，侯先生单独关押期间，仍然"左"——此刻写着詹先生（他和老侯几个月前还在通话呀），我不愿想到那位翼翼矜矜的小男孩，不再是活着的人。

这两周孙景波倍受打击。他与侯先生、詹先生共事四十余年，往事旧情，存了太多。11日夜间得知詹大没了，我深宵睡不着，起身写他，翌日知会景波，他叫道："丹青啊，受不了啦，悲伤是要休息的，别再往悲伤里写！"

那就写写詹大的说笑吧。他的似笑非笑的笑，介于干咳与微喘之间。他的手常年微微抖，在博物馆叉开长腿拍名画——他比镜框的位置高——我瞧他双手直晃，顽强地对焦；他一说话，眼角脸颊也跟着颤巍巍抖，因此像是嘲讽的表情，嘲讽自己的抖；他的嗓音略略沙哑，好性感，带一口京腔的苍老与含混，要么显得郑重，要么也像在嘲讽——奇怪，落在别人是生理的缺憾，换了詹大，俱皆魅力。近年难得拜见他，见到了，就目不转睛看他气概堂堂地抖。

好，回到四十四年前。我们入学的头一个冬季，在教室用煤油炉弄了晚宴，请来靳先生和詹先生。詹先生坐下，照样一米九三，好比巨尺折弯——那夜他乐呵呵说了一连串美院老头的滑稽掌故，此刻记得其中一个，总共两位主角：一位是高高的詹大本人，另一位，是出了名的矮老头张仃先生——

"有一回啊，詹大和张仃挤公车，没地儿坐，只能站着，詹大在前，张仃在后，一不留神，詹大放了个屁，赶紧说：张老，对不起，刚才没忍住！"

我们爆笑了，詹大不笑——颤巍巍的面颊似乎妨碍他笑，他于是满脸慢条斯理无所谓，正适合开玩笑：

"你知道张仃怎么说？"他终于咳嗽似的干笑了，举起超长的手指往肩后勾了勾：

"没事儿——噌的一下，头上过去了。"

这段子不知是别人的版权呢，还是詹大独创，我估计是美院的戏谈，所以詹先生叙述时，扮演第三者。另几个笑话其实我也记得，主角都是北平艺专詹侯二位的老师尊。那是早已死去的北平艺专，不提也罢，今詹先生殁，前代的记忆真要没人再聊，没人记得了。

2023 年元月 12—14 日

痛惜姚宏儒 [*]

四月一日马萧发来短信：宏儒师兄今早走了。他俩曾经同班画画，马萧小宏儒近二十岁，宏儒又小我十岁，怎么他就走了？怎么会是他走！

两小时后，手机显示"姚宏儒"信息，点开看，是他女儿的报丧。我呆看两遍，确认宏儒死了，只剩微信还活着。

年年过节、过生日，宏儒必定短信问候，如此二十年。难得一年三两次聊画画，他总不愿费我时间，若夜

---

* 姚宏儒，1963 年生，2001 年清华美院第四工作室访问学者，任教于浙江台州学院艺术与设计学院。今年 3 月逝世。

里十一点后仍有字发去，他就写：陈老师休息了，别熬夜。今年2月他照例来短信致"元宵节快乐"，现在想，那时他已自知将有不测。

他从不找我。2001年请他来清华美院做访问学者一年，名义上算是学生，但我只当是叫了位本事很大的同行，一起画画。离校后，他如何觅得谋饭的教职，我半点不知，因宏儒不要我帮忙。唯去年夏秋，他总算请我为他的画说几句，怯生生地，以至结巴，说他将要退休，好歹出个画册——前年，他画了此生最具野心的大画，画一群浙江男女兴冲冲在银行办手续——我当然写了，发给他，文末顺便提了句，大意是，像这样的写实强手居然还不是教授。

他大约有点触动吧，拨来电话，但也五分钟便挂，说是不打搅。

同样，长达二十多年，他从未试着蹭个大展，弄点响动。熟悉他的几位哥们都知道，他深恶钻营，凡事只顾去做。依我看，则是他自信、他骄傲，知道自己有才能，更单纯的理由是：他太喜欢画画了，万事不如意，能画画就好。

我不想评价宏儒的画艺，因为他没有名。我曾当他面一再告诉他，他有多棒，他总是嘿然笑着，语无伦次地谦抑，现在他走掉了，我跟谁说，说也白说。

油画院若干同好明白他的厉害，包括杨飞云，然而人没有名，便没有份。我们动不动说"中国油画界"是个权力话语："界"在哪里？谁划分"界"？谁在"界"之内外？再者，过去二十年当代艺术火起来，近十年新生代的新花样又都起来，你说你还在画画，而且画写实，谁理你？

其实，以我对国中写实油画的半世纪观察，六零后精英大大提升了写实的技术层面，放在我辈的年代，上辈的一流名家也未必及得宏儒的手艺，便说我这浪得虚名的五零后吧，以我当年出道的那点伎俩，其实画不过宏儒。

如今界内界外，看人看画，只看名。我相信宏儒在台州的校方也未必看得起他，更别提懂他。但他果真安于做个地方画家，画了逾百幅当地的里巷男女，自得其乐。有哪个画家不寻求展示的机会呢，这些画从未获得展览："陈老师，我还要努力，还差得远。"诸位看看，这就是姚宏儒。

2015年木心美术馆开馆，马萧约了他同来乌镇参与其盛。他也动身赶了来，可是临到典礼，他死活不肯入景区，只说别麻烦陈老师，独自找个镇上的茶馆，悄然待着。近日与马萧想念他，说起此事，我才得知，心想宏儒你怎么这样子执拗呢。往深了思忖，是他不愿在场面上见我，只顾抱紧自己的那摊子画，宁可远避种种灯火与热闹。我虽视他为弟兄，此刻才发现没有他的故事——不晓得多少委屈，他不肯烦我，不愿找我说说。

"环滁皆山也"，倘若没记错，宏儒是安徽滁州人，生有一张古人的脸，密匝匝围着我所羡慕的绵软的络腮胡，好似来自明代，也许是宋朝吧。2001年来北京时，他才三十八岁，走我跟前挺立着，敦实，朴厚，叫声老师。2010年我随油画院师生去彼得堡临摹名画，宏儒同行，我白天临画，夜里不聚餐，赶一篇俄罗斯游记的稿约，他几次从餐馆包了暖热的中国饭菜，送我房中，还竟要替我洗衣服。我不肯，他说：我爱干净，每天洗，顺手就洗了嘛。

近日马萧写了长长的追念的文章，年龄更小的宋明筱也写了，痛惜这位骤然离去的大叔。天津的好画手于小冬与宏儒曾在油画院同室玩耍多年，今想必难受极了。据我所知，这便是他的有数的几个朋友吧。中国美院的何红舟据说也识赏他，对他蛮好的。

十余年来，著名的长辈相继去世，只要我熟识，便写写纪念的文章，如贺友直、邢啸声、侯一民、詹建俊诸先生，现在我要写这位辞世的无名的晚辈，而晚辈殒殁，格外令人伤痛，念及宏儒的优异，尤难释怀。眼下他已没了，我不是要为他务名，他生前也是个不求闻达的老实人，而我顶顶在乎的才华与品性，宏儒当得起，他偏是这样子不声不响地走了。

所幸年前为宏儒的画册写了小序，他又傻劲儿上来，竟要付稿酬，我哪里能收。未久，一枚上好的立式油画箱并一整匣好颜料快递过来，看送件的标签，发自台州。唉，宏儒不知我是个粗人，得了考究的工具便不敢用，如今画箱默默停在木心美术馆我的办公室里，走进去看见，就想宏儒去了阴间——洋人说是天堂——那里有卖颜料与画布吗？

宏儒女儿五六岁时的小照，我看过，记得拿出照片时，他胡须里藏着害羞的浅笑，好像那是他家养的猫。今孩子成人，爹爹最后的日子有她在侧，总还算宽慰的，难为她懂事，以父亲的微信向我报告，宏儒走了。

2023 年 4 月 7 日写在乌镇

2014 年春，宏儒与我在维也纳艺术史博物馆临摹

痛惜姚宏儒

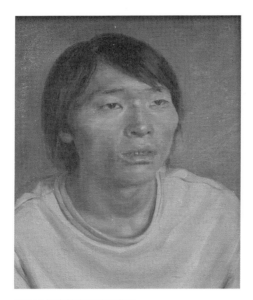

以下九幅为姚宏儒油画作品

痛惜姚宏儒

痛惜姚宏儒

痛惜姚宏儒

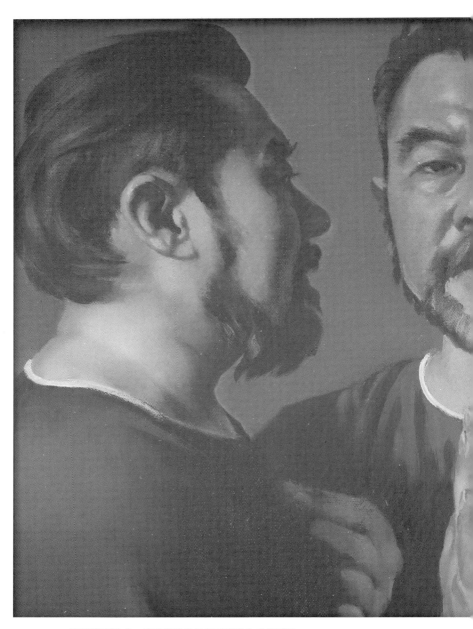

取巴洛克图式，姚宏儒将自己的三张脸合成自画像

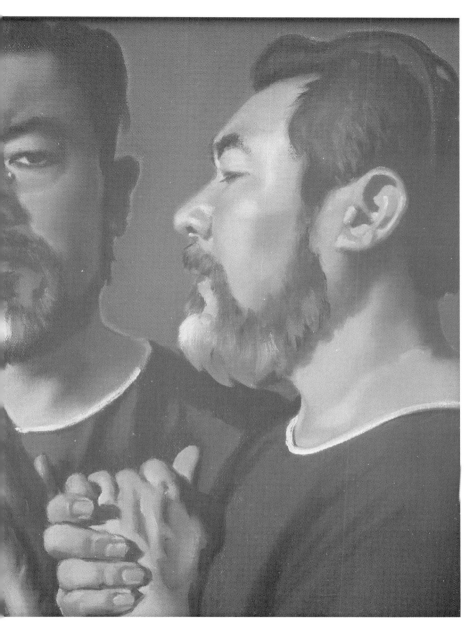

亲爱的万玛才旦 *

现在是 5 月 9 日，中午，手机收到一小段截自万玛电影的视频：塔洛，那个讨不到老婆的牧羊人，正用藏语口音的普通话背诵《为人民服务》，喋喋喃喃，如念经，一字不漏，镜头间或指向一匹正在吮奶的羊羔：

> ……人总是要死的，但死的意义有不同，中国古时候有个文学家叫做司马迁的说过，"人固有一死，或重于泰山，或轻于鸿毛"……

---

* 　万玛才旦，1969 年生，第一位广获声誉的西藏电影导演。今年 5 月 8 日逝世。

视频长度三分零七秒。我静静地看，忍不住笑起来，随即止住——万玛没有了。昨天中午我们都收到了这个不肯相信的消息。现在是夜里，演员黄轩发来语音。两个月前他还在青海与万玛拍片，此刻他抽泣着，说："我从未遇到这样亲切的人，好像是我的父亲。"他明天就要飞赴拉萨，送别万玛老师。

去年万玛出版新小说集，要我作序。我从未议论过小说，但也就认真写了，因为我爱万玛的电影，他的电影的前身，便是小说。近期我的杂稿拟将出书，编排文档，收录这篇时，万玛走了，据说是忽然缺氧，不适，倒下了，五十三岁。

我爱万玛的电影。虽然不具备评论的资格，但我看了万玛的几乎每部作品。我愿斗胆说：内地没有这样的导演。内地电影的种种手法、招数、兴奋感，在他那里，都没有。他有的是什么呢？昨天闻知噩耗，我心里一遍遍过他的电影，包括《塔洛》。

那是部黑白电影，一上来就是那段背诵，之后，万玛开始平铺直叙——为什么再难看到老老实实、平铺直叙的电影啊——直到憨傻的塔洛人财两空。这样的结局，稍不留神就会拍坏的，我想，万玛怎样收束呢？只见塔洛骑着乡下人的破摩托往山里开，开着开着，他停下来……停下来干吗呢？请诸位找来看吧，不剧透。

《静静的嘛呢石》，他的初作，太朴素了，我猜院线根本不会要，但我还想再看一遍，看他如何平铺直叙——如布列松的《穆谢特》（Mouchette）、特吕弗的《零用钱》（Small Change），甚至，奥尔米的《木屐树》（The Tree of Wooden Clogs）那样的平铺直叙。片尾，男主角，那位当了喇嘛的孩子，从山梁（长镜头自银幕左侧跟着他）一路小跑着，几度被树与屋遮住，又露出身影，又被遮住，最后蹦跳着，奔进寺庙，庙里一片嗡嗡的诵经声，孩子迟到了，电影就结束了。

他的电影期待和那孩子一样纯良的观众（小喇嘛在电视里看了《西游记》，大为着迷）。这样的观众，应该有吧。我跟万玛要了在片尾字幕间播放的诵经歌音频，一个小小男孩口齿不清的呢喃。现在这首歌还在我手机里。不是因为我对藏传佛教感兴趣，而是，我听着，发现有一种心里的光亮，很早很早就失去了、没有了的光亮。后来放听过两次，没再听。人会害怕被这种（孩子的嗓音唱出的）片刻所提醒，提醒你早已不再天真。

《寻找智美更登》的智美，是古老藏剧中的王子，为救助穷人而献出眼珠。在万玛的故事里，这部藏剧将要拍成电影，摄制组找了担任女角的美丽姑娘（她倚在门口，怯生生唱了几句，好听得吓坏人），她说，非得是与她合作过的那位男演员出演，她才肯出山。而其实男演员曾是她的相好，掰了之后，去别地教书，现在，姑娘路远迢迢跟了车去，就想讨个说法。

摄制组不知情，带她上路了，途中，前座的男子大谈自己失败的恋爱，后座的姑娘默默听着，想心事。一程又一程，总算到了，青年从办公桌后起身迎客，被告知跟着的是她……接着，你以为是伤心姑娘与负心郎的激烈对话吗？不，万玛没这么做。镜头移向挤满学生的操场，很远的远处，篮球架下，站着那对恋人。

太多女生有过相似的遭遇（男生也是），但我们不知道他俩说了什么，不知道姑娘有没有讨到说法，更不知他俩是否再次合作……下一组镜头，姑娘一声不响回了来，随车离开。

万玛懂人，就此一幕，我以为他很懂电影。

再就是院线也不会要的《老狗》。万玛读过屠格涅夫的《木木》吗？福楼拜说，那是世界上最动人的小说。但"老狗"的命运和《木木》的故事完全不同，因此，不是动人，而是，当我眼看老头子慢慢在木柱上绑定老狗，转过脸，扯平绳索，拉紧了，一步迈一步走……我从座位上直起身，不知如何是好。

领教万玛的第一部电影，是《撞死了一只羊》。主角，那位彪悍的寻仇者，想象他自己挥刀向仇人砍去。这时，万玛用了一组模糊的放慢的镜头，其实什么都没发生（这是看懂经典小说，自己也写小说的导演才会使用的伎俩）。记得那位司机的相好，驿站老板娘吗？万玛真会调教演员，在他下一部电影《气球》中，这位活色生香的女演员忽然变成老实巴交的农妇，若非万玛告诉，我认不出她就是那位老板娘。

接着，是《气球》。这次，失恋的姑娘变为尼姑，意外遇见前男友，而男友已将他俩的恋爱与分手写成书。她多想读这本书啊，老实巴交的姐姐一把扯去，扔进炉膛烧了（那位狼狈的前男友回答斥责时，眼镜忽然掉下来）。万玛此前几部作品的性格在其中汇合了，更具规模与野心，但他的叙述，同样沉着。当孩子举着气球奔去，消失在山丘那一头，少顷，气球升了起来（多么成功的运镜），万玛似乎找到了他的电影的新维度。这维度预示他未来的电影将会有他可能企及的高度，但他死了。

现在我等着看黄轩出演的《陌生人》，那是万玛的遗作。黄轩说，他在一组镜头的拍摄中，迎对群山，泪流满面，他的意思是说，现在想来，难道他预先为万玛痛哭了吗？今天中午，10号，黄轩来语音，说他见到了被布帘隔开的万玛（像是睡着了，很安详），明天起灵，很多很多送行者将簇拥着万玛，在大昭寺诵经后，绕行拉萨。藏民相信，死在拉萨是至高的福分。

沉静，内敛，谦和，万玛的相貌与气质，是我见过的导演中最像知识分子的。他的想象，他的内心，他以在内地习得而回看西藏的眼光，都交给了电影，我在他的每个角色中都看见他，几次与他对坐，我想：这个脑袋在想些什么？《气球》公映后，我问他："拍摄正在交配的羊，多难啊，你怎么弄？"他轻轻地说："还好，有办法的。"问他爱看什么书，他说，和文学与电影无关的书。问他孩提时代在村里看的电影，他提及卓别林，啊，卓别林！我因此明白他何以懂得卑微的灵魂，却不渲染哀苦，而是，使人发笑。因极度淳良而引发的那种笑，在他的影像中，令我发笑的片刻都带出万玛的性格，沉静，内敛，谦和。

他提携的好几位青年如今成为高原的第一代导演，包括他生气勃勃的公子。此刻他们该多难受啊。难受的日子还在后面呢！是他让西藏被听到，被看见，他的讲到一半的故事，当然会继续，但讲述者不再是万玛才旦了。

他站在那里的样子，多善良，多好看。前年，他远来京郊参观我的西藏组画展览，我不感到荣幸，反倒羞惭。我对那片高原的了解其实是肤浅的，那些画只是短暂的一瞥，万玛的电影，才是西藏的血肉。一个民族拿出自己的电影，面对世界，便有了无可言说的容颜与自尊，万玛，是践行这自尊的第一人。

2023 年 5 月 9—10 日

当我为这篇稿子配图时，还是不太相信万玛已经没了

《静静的嘛呢石》剧照

因为我们是为人民服务的

《塔洛》剧照

上／下图：《撞死了一只羊》剧照　右页上图《寻找智美更登》剧照

右页中图：《老狗》剧照　右页下图：《气球》剧照

亲爱的万玛才旦